GANAR AMIGOS

Juan Ruiz de Alarcón

HABLAN EN ELLA LAS PERSONAS SIGUIENTES:

El Marques don Fadrique, galan.
Don Fernando de Godoy, galan.
Don Pedro de Luna, galan.
El Rey don Pedro el Iusticiero.
Don Diego, galan.
Ricardo, criado.
Encinas, gracioso.
Vn Alguazil.
Vn corchete.
Vn escudero viejo
Doña Flor, dama.
Doña Ana, Dama.
Ynes, criada.

ACTO PRIMERO

Salen doña Flor, y Ynes con mantos.

D. Flor.	Que dizes?
Yn.	Digo, señora, que es el.
D. Flor.	Desdichada soy:
	don Fernando de Godoy,
	cielos, en Seuilla agora?
	La fortuna me persigue;
	cubrete.
Yn.	Ya es escusado;
	porque muestra su cuydado
	que conoce lo que sigue.
Flor.	Quando el Marques prometia,
	abrasado de amoroso,
	passar mi estado dichoso
	de merced a señoria,
	viene a ser impedimento
	de tanto bien don Fernando?
Yn.	Pues porque lo ha de ser?
Flor.	Dando,
	pues ha de seguir su intento,
	ocasiones de zelar
	al Marques, y es cierta cosa
	que a su passion cuydadosa
	nada al fin se ha de ocultar:
	que aunque don Fernando es llano
	que amante secreto ha sido,
	el disgusto sucedido
	en Cordoua con mi hermano,
	fue publico en el lugar;
	y lo que entonces passò,
	para sospechar basto,
	sino para condenar.
	Y esto serà impedimento
	a la mano que procuro;
	que es el honor crystal puro,
	que se enturbia del aliento.

Yn.   Pues desengañalo luego,
                 y pide que no te quiera
                 a don Fernando.
D. Fer.   Esso fuera
                 poner a la mina fuego,
                 y hazerle esparzir al viento
                 secretos de amor desnudos;
                 que ni son los zelos mudos,
                 ni es sufrido el sentimiento.
Yn.   El llega.
Flor.   Suerte inhumana,
                 como me podrè librar?
Yn.   En esta tienda ha de estar
                 aguardandote doña Ana.

Sale doña Ana, con manto.
Ana.   Gracias a Dios que te veo;
                 ya tu tardança acusaua.
Flor.   No imagines que me daua
                 menos priessa mi desseo,
                 pues que mi hermano, sabiendo
                 que a verte, amiga venia?
Ana.   O, que cansada porfia!
Salen Don Fernando y Encinas.
D. Fer.   Hablarla agora pretendo.
Encin.   Llega pues.
Flor.   Ynes, procura,
                 mientras hablo, entretener
                 a doña Ana.
D. Fer.   Si el poder
                 ygualesse a la hermosura,
                 yo fuera, damas hermosas,
                 esta ocasion por ygual
                 venturoso y liberal.
Encin.   Ellas fueran las dichosas.
D. Fer.   Mas puesto que no ay hazienda
                 que yguale a tanta beldad,
                 si lo merezco, tomad,
                 lo que os firuays de la tienda.
Encin.   Que es esto? nunca te vi
                 ser galan tan de prouecho;

                    señora, milagro han hecho
                    vuestras deidades aqui:
                    pero segun tus estrellas
                    que nunca dès han dispuesto:
                    oy que tu quieres, apuesto
                    que no lo reciben ellas.
Yn.   Doña Ana hermosa, no tiene
                    Garcia el bufon?
Encin.   No me llamo sino Encinas.
A parte.
Ana.   La del amo
                    con mas razon me entretiene.
                    Sabrè al descuydo quien es;
                    agradado me has de suerte,
                    que estimara conocerte,
                    porque algunos ratos des
                    aliuio a tristezas mias.
Encin.   Harelo yo si te doy
                    gusto en esso.
Ana.   Si, que soy
                    sujeta a melancolias.
A parte.
Encin.   Oye pues, buena ocasion
                    doy a mi señor con esto.
Yn.   Lindamente se ha dispuesto.
A parte.
D. Fer.   Dueño de mi coraçon.
Flor.   Tu aficion, Fernando mio,
                    proceda mas recatada;
                    porque ni dessa criada,
                    ni de essa amigo me fio.
D. Fer.   Ya con essa preuencion
                    a hablarte lleguè, mostrando
                    no conocerte.
Flor.   Fernando,
                    los nobles amantes son
                    centinelas del honor
                    de sus damas.
D. Fer.   Pues porque,
                    si has conocido mi fe,

	me preuienes esso, Flor?
Flor.	Tu, Femando, eres testigo
	de lo que nos sucediò,
	cuando en Cordoua te hallò
	mi hermano hablando conmigo.
	Entonces para aplacar
	los bandos y desafios
	entre tus deudos y mios,
	prometiste no llegar
	a esta ciudad en dos años,
	donde en aquella ocasion,
	a empeçar su pretension,
	y acabar aquellos daños,
	mi hermano partio conmigo,
	por estar su Magestad
	de espacio en esta ciudad.
D. Fer.	Y tu Flor, eres testigo
	que mi palabra a despecho
	de mi paciencia he cumplido.
Flor.	Pues ya que tan noble has sido,
	no deshagas lo que has hecho.
D. Fer.	Como?
Flor.	Ocasionando agora
	nueuos disgustos; y assi
	sola vna cosa por mi
	has de hazer, mi bien.
D. Fer.	Señora,
	no mandes que del amor
	que ydolatra tu hermosura,
	desista, y pide segura
	el impossible mayor.
Flor.	Tu veràs en lo que pido,
	que encamino tu esperança.
D. Fer.	Siendo assi, de tu tardança
	està mi amor ofendido.
Flor.	Ya con el Rey sus intentos
	tiene en buen punto mi hermano;
	y de los suyos es llano
	que han de pender mis aumentos.
	Da fuerça a su pretension,

y a su razon calidad,
de mi honor y honestidad
la diuulgada opinion.
Y porque temo, y no en vano
que han de causar tus passiones,
al lugar murmuraciones,
e inquietudes a mi hermano:
quiero, que como quien eres,
me prometas que jamas,
Fernando, a nadie diràs
que te quiero ni me quieres.
Que viuiran en tu pecho
secretas nuestras historias,
solicitando tus glorias,
o zeloso, o satisfecho,
tan cauto y tan recatado,
que en el mayor sentimiento
solo con tu pensamiento
comuniques tu cuydado.
Esto le importa a mi honor,
y a tu amor.

D. Fer.   Yo te prometo,
como quien soy, el secreto,
mi gloria, de nuestro amor.
Estàs contenta?

Flor.   Si estoy.

D. Fer.   Confias que cumplirè
mi palabra?

Flor.   Si, que se
que eres sangre de Godoy.

D. Fer.   Di pues agora, que estado
tiene contigo mi amor?

Flor.   Dexalo a tiempo mejor;
que estoy aqui con cuydado.

D. Fer.   Di, como el vernos dispones
entre essas dificultades?

Flor.   A conformes voluntades
nunca faltan ocasiones:
buscalas, que yo prometo
hazerlo tambien.

D. Fer.	A ti
	toca el traçarlas, y a mi
	el gozarlas con secreto.
Flor.	Fernando, a Dios.
D. Fer.	Flor, aduierte
	en la fiirme fe que tengo
	tras tanta ausencia, y que vengo
	a Seuilla solo a verte.
Flor.	Yo soy la misma que fuy;

A parte.

nunca, pluguiera a los cielos,
vinieras a darle zelos
al Marques, y pena a mi.

A parte.

D. Fer.	Quien dize que las mugeres
	no son firmes? peñas son.
Ana.	Doña Ana soy de Leon,
	si por ventura tuuieres,
	que eres forastero al fin,
	alguna necessidad,
	conoceràs mi verdad.
Encin.	Pon en mi boca el chapin.
Yn.	Como aueys quedado?
Flor.	Ynes,
	el medio que pude dar,
	he dado, para euitar
	sentimientos al Marques.

Vanse las mugeres.

Encin.	Que tenemos?
D. Fer.	Nada.
Encin.	Nada?
D. Fer.	Ya no me trates jamas
	de doña Flor.
Encin.	Bueno estàs;
	bien logramos la jornada.
D. Fer.	Al punto que entienda yo
	que nadie de ti ha sabido
	que algun tiempo la he seruido,
	ni la historia que passò
	en Cordoua pagaràs

A parte.

       con la vida; assi el precepto
       executo del secreto.
Encin.   Que lo diga Barrabas,
       supuesto que soy testigo
       de la furia de tu azero;
       y que sabes dar, primero
       que la amenaça el castigo. *Vanse.*

Salen el Marques, y Ricardo de noche.
Ricar.   Sin seso estàs.
Marq.   No es razon
       estar de contento loco,
       quando con mis mantos toco
       tan dichosa possession?
       Esta noche (ò santo cielo,
       permitid que llegue a vella)
       gozo de la flor mas bella,
       que dio primauera al suelo.
       Esta noche mis empleos
       logran su larga esperança,
       y mi firme amor alcança
       el fin de tantos desseos.
       En esta vida que bien
       puede ygualar a la gloria
       de conseguir la vitoria
       de vn dilatado desden?
Ricar.   O quien te viera, señor,
       libre destas mocedades!
Marq.   Agora me persuades?
Ricar.   Iuzgo que fuera mejor,
       quando te ves tan priuado
       del Rey don Pedro, gozar
       de su fauor, y assentar
       el passo, tomando estado.
Marq.   No, mientras viua mi hermano,
       Ricardo, a quien justamente
       por honrado, por valiente
       por discreto y Cortesano,
       como tierno padre quiero;
       no quiera Dios que casado

a mi casa ni a mi estado
solicite otro heredero.
Yo tengo por Flor la vida,
por Flor desprecio la muerte:
mas si el amor de otra suerte
con sus glorias me combida,
sin que me case, no es justo
quitar la herencia a mi hermano;
que no siempre con la mano
se deue comprar el gusto.

Sale don Fernando alborotado con la espada desnuda, y capa de color.

D. Fer.　　Si soys nobles por ventura,
mostrad los pechos hidalgos,
en dar fauor a quien tiene
todo el mundo por contrario.
Dadme essa capa por esta,
cuyo color es el blanco
que siguen mis enemigos,
dareys vida a vn desdichado.

Marq.　　No es menester donde estoy:
cauallero sossegaos.

D. Fer.　　Es el Marques don Fadrique?

Marq.　　El mismo soy.

D. Fer.　　Vuestro amparo
es puerto de mi esperança.

Marq.　　Contadme el caso; fiaros
podeys de mi.

D. Fer.　　Vn hombre he muerto;
y el lugar alborotado
cierra las puertas furioso,
y ayrado sigue mis passos.

Marq.　　Fue bueno a bueno la muerte?

D. Fer.　　Los dos solos desnudamos
cuerpo a cuerpo las espadas,
y el otro fue el desdichado.

Marq.　　Siendo assi, yo os librarè.

D. Fer.　　Prospere Dios vuestros años.

Sale la justicia con lanterna y vn corchete.

Cor.　　Alli ay gente.

D. Fer.　　La justicia es aquella.

Marq.	Reportaos; seguro estays.
Iusti.	Essos hombres conoced.
Cor.	Tenganse, hidalgos,
	a la justicia, quien es?
Ricar.	Escusad el lanternaço,
	que es el Marques don Fadrique.
Iusti.	Vays, señor, tambien buscando
	a caso al fiero homicida
	de vuestro infeliz hermano?
Mar.	que dezis? mi hermano es muerto?
Iusti.	Perdonadme, si os he dado
	con tal nueua tal pesar.

A parte.

D. Fer.	Que es esto cielos? hermano
	era del Marques el muerto?
	fauor pedi al agrauiado?
Marq.	Como sucediò?
Iusti.	Señor,
	dos testigos, que se hallaron
	presentes, dizen que vn hombre
	de color, estaua hablando
	a la ventana de Flor.
Marq.	Esto mas, crueles hados?
Iusti.	Passò en aquella ocasion
	el sin ventura don Sancho:
	y sobre quitarle el puesto,
	y defenderlo el contrario,
	desnudaron las espadas,
	y cuerpo a cuerpo gran rato
	riñeron, hasta que el cielo
	dio permisso al triste caso.
	Huyò luego el homicida:
	mas fiad de mi cuydado
	que le tengo de prender,
	sino se escapa bolando.
D. Fer.	Aqui es mi muerte.
Marq.	Seguilde,
	y no dexeys, hasta hallarlo
	piedra alguna por mouer.

A la Iusticia a parte.

Corche.   Señor, si yo no me engaño,
las señas del delinquente
tiene aquel, que recatado
detras del Marques se esconde.

Iusti.   Calla, necio, del hermano
del muerto auia de ampararse?

Cor.   Indicios dan su recato,
y el color de su vestido;
que se pierde en preguntallo?

Iusti.   Bien mecerè perdon,
si por vengar vuestro agrauio,
ofendo vuestro decoro:
señor Marques, esse hidalgo
que el cuerpo y el rostro esconde
con sospechoso cuydado,
puede saberse quien es?

A parte.
D. Fer.   Perdido soy.

Marq.   No està claro
que no serà quien me ofende,
pues que conmigo le traygo?

A parte.
D. Fer.   Que nunca visto valor!

Iusti.   Las señales me engañaron:
disculpad mi inaduertencia:
y porque pide este caso
diligencia, perdonad,
sino os quedo acompañando.

Vase la Iusticia.
A parte.
D. Fer.   Cielo santo, si querrà
vengar el mismo a su hermano;
y por esso me librò
de la justicia.

A parte.
Ricar.   Que estraño
sucesso! que harà el Marques
en lance tan apretado?

A parte.
Mar.   que mi hermano es muerto, y Flor

fue la ocasion de mi agrauio!
y que este fue el homicida!
dexanos solos, Ricardo.

A parte.
Ricar.

Auerselas quiere a solas;
temiendo voy vn gran daño. *Vase.*

A parte.
Marq.

O aduersa fortuna mia,
ved los tormentos que passo;
noche en que esperè alcançar
de amor los bienes mas altos;
de sentimientos me ahogo,
quando de zelos me abraso:
dissimulando tenerlos,
me conuiene aueriguarlos.

A parte.
D. Fer.

La espada y el coraçon
apercibo a todo.

Marq.   Hidalgo.
D. Fer.   Señor Marques.
A parte.

Marq.   Pierdo el seso; solos estamos.
D. Fer.   Si estamos.
Mar.   Vn hermano me aueys muerto.
D. Fer.   Vn hombre he muerto, ignorando
quien era, y agora supe
que era, Marques, vuestro hermano.
Marq.   No os disculpeys.
D. Fer.   No penseys
que el temor busca reparos;
que inuenta el respeto escusas,
o la obligacion descargos:
porque es verdad os la he dicho,
de que a vos testigo os hago,
pues despues de conoceros,
a vos mismo os pedi amparo;
para que sepays assi
a lo que estays obligado.
Marq.   Si imaginays que os he dicho,
no os disculpeys de indignado,

y resuelto a la vengança,
no doy lugar al descargo:
engañaysos, aduertid,
que en esso me hazeys agrauio,
pues mostrays que aueys creydo
que por el dolor me aparto
de cumpliros la palabra,
que os he dado de libraros:
yo, os la di, y he de cumplilla.

D. Fer.   La tierra que estays pisando,
serà el altar de mi boca.

Marq.   Cauallero, leuantaos;
no me deys gracias por esto,
supuesto que no lo hago
yo por vos, sino por mi,
que la palabra os he dado:
quando os la di, os obliguè;
cumplirla no es obligaros,
que es pagar mi obligacion,
y nadie obliga pagando.
Desto procediò el deziros;
no os disculpeys, por mostràros,
que sin que escuseys la ofensa
ni disculpeys el agrauio,
basta, para que yo cumpla
mi palabra, auerla dado.

D. Fer.   Exemplo soys de valor
y de prudencia, y no en vano
ocupays en la priuança
del Rey el lugar mas alto.

Marq.   Dexad lisonjas, y agora
supuesto que he de libraros,
me dezid quien soys, y qual
fue la ocasion deste caso?
Que empeño teneys con Flor,
para aueros obligado
a defender el lugar
de su ventana a mi hermano?

D. Fer.   No, señor, no me està bien,
quando assi os tengo indignado,

dezir quien soy; la ocasion
ya la oystes, declararos
della mas es impossible,
que a Flor la palabra guardo,

A parte.

que del secreto le di;
y aunque de zelos me abraso,
no a romper obligaciones
dan licencia los agrauios.

Marq.   Pues no es justo.
D. Fer.   Yo os suplico,
pues soys noble, que euitando
mas dilaciones, cumplays
la palabra que aueys dado:
prometido aueys librarme;
y a vos mismo os he escuchado,
que el auerlo prometido
basta para executarlo.
Aduertid que no lo hazeys,
en pidiendo nada en cambio,
que ponerme condiciones
es modo de quebrantarlo.

Marq.   Es verdad, mas no os las pongo,
que pidiendo, no obligando,
preguntè, porque me importa
saberlo, si a vos callarlo:
y en prueua desto seguidme;
que aunque en mi valor fiado
me lo querays dezir, antes
que os lo escuche he de libraros.

D. Fer.   Ya os sigo.

A parte.

Marq.   A Dios, que en vn noble,
quando de zeloso rabio,
y de lastimado muero,
la palabra pueda tanto! *Vanse.*

Salen don Diego, doña Flor, y Ynes con luzes.

D. Die.   Flor.
Flor.   Hermano.
D. Die.   Ynes.

Yn.	Señor.
A parte.	
D. Die.	El cielo me dè prudencia,
	quando anegan la paciencia
	tempestades del honor:
	ni discurre el pensamiento,
	ni se por donde comience
	la aueriguacion, que vence
	al discurso el sentimiento.
Flor.	Confusa estoy.
A parte.	
D. Die.	Entra, Ynes, en essa quadra.
Yn.	Señor.
D. Die.	Entra y calla.
A parte.	
Yn.	De temor
	mueuo sin alma los pies. *Vase.*
D. Die.	Yo pensé, Flor, que los daños

que otra vez tu huiandad
ocasionò en la ciudad
de Cordoua aurà dos años,
de freno huuieran seruido,
para no causar aqui
la desdicha, que por ti,
enemiga ha sucedido.
Esta noche al mas experto
de Europa, al mejor soldado,
caro hermano del priuado
del Rey por tu causa han muerto.
Mira tu que fin espero
del daño que ha sucedido;
si es tan fuerte el ofendido,
y es el Rey tan justiciero.
No llores, Flor, que no es esso
lo que agora ha de aplacarme;
lo que importa, es declararme
la verdad deste sucesso;
porque sepa yo que medio
tendrè para dar seguro
preuencion a lo futuro,

y a lo passado remedio.
Solos estamos, aduierte,
si a tan justa confession
no te mueue la razon,
que te ha de obligar la muerte.
No te refrene el temor,
y piensa que en caso ygual,
oye el medico tu mal,
y tu culpa el Confessor.
Mira, si negar intentas,
que a informarme obligaràs
de los criados, y haràs
publicas nuestras afrentas.
Y assi es mejor informarme
secretamente de ti,
y que se resuelua aqui
lo que importe, que obligarme
a vna gran demonstracion,
si me doy por entendido,
de que tu locura ha sido
deste daño la ocasion.

Flor.   Hermano, a quien justamente
pueden dar nombre de padre
los honrosos sentimientos,
que acompañan tus piedades;
sabe (que aunque la verguença
me enfrene, es preciso lance,
quando amenaçan los daños,
manifestar las verdades)
sabe que desde aquel dia,
dos años ha, que llegaste
a esta excepcion de los tiempos,
embidia de las ciudades.
Pluguiera a Dios, que primero
que mirasse y admirasse
de sus altos edificios,
los soberuios homenages.
Pluguiera a Dios que primero
que en la region de las aues
contemplasse de fortuna,

en la Giralda vna imagen.
Pues qual diosa habita el cielo,
y solo el viento mudable
es la razon imperiosa,
de su mouimiento facil.
Pluguiera a Dios que primero
que patentes sus vmbrales,
diessen permisso a mis passos,
y a su ruyna hospedaje,
sus altos muros, siruiendo
a su parayso de Angel,
tumulo funesto diessen
a mis obsequias fatales.
Pues desde aquel mismo dia
empeçaron a engendrarse
deste incendio las centellas,
deste daño las señales.
Que apenas la vez primera
vieron mis ojos sus calles,
quando el Marques don Fadrique,
esse castigo de Alarbes,
esse honor de Castellanos,
rayo de Turcos alfanges,
esse espejo de las damas,
y embidia de los galanes,
a combatirme empeçò
con medios tan eficaces,
que ha vsurpado la opinion
mi coraçon al diamante.
Si al fin sus continuas quexas,
si al fin sus bizarras partes
correspondencia engendraron
en mi pecho, no te espante;
que por doña Ana te he visto
de tu valor oluidarte,
regar la tierra con llanto,
romper con quexas los ayres:
pues si eres hombre, don Diego,
y la fuerça de amor sabes,
de sus vitorias despojo,

victima de sus altares;
que mucho que vna muger
contra su poder no baste?
y mas si obligan temores,
y esperanças persuaden?
que el Marques, si amante humilde,
conquistador arrogante

mezclaua, (esta falsa culpa
le imputo, por disculparme)
las amenaças crueles,
a las promesas suaues;
y el poder y la ambicion
ygualmente me combaten.
Temo venganças injustas
en mi opinion y en tu sangre,
espero que a ser mi esposo
le obliguen mis calidades;
y al fin estas fuerças todas
a empresa mayor bastantes
a darle esta noche entrada
pudieron determinarme.
No te alteres, oye, hermano;
que en caso tan importantes,
no en ligeras confianças
fundaua mis liuiandades.
Preuenida me arrojaua,
ordenando que ocupassen
tres testigos de mi quarto,
ciertos ocultos lugares;
con intencion de pedirle
palabra de esposo, antes
que en la fuerça de mi honor
le hizo el amor Alcayde.
Y si la diesse, o mouido
de su aficion y mis partes,
o pretendiendo, fiado
en el secreto, engañarme:
tener testigos, con quien
conuencerle y obligarle

al cumplimiento; que puesto
que su poder me acobarde,
el Rey don Pedro es el Rey,
y justicia a todos haze
tan ygual, que ha merecido
que el justiciero le llamen.
Y si a su intento quisiesse,
sin obligarse, obligarme,
tener quien diesse socorro
a mi resistencia fragil.
Este fue mi pensamiento,
y embuelta en cuydados tales,
esta noche autora triste
del lamentoso desastre,
tutue abierta essa ventana,
sin que vn punto della aparte
la vista, esperando señas,
y temiendo nouedades,
quando hàzia la rexa vn hombre
vi cuydadoso llegarse,
cuyo recato atreuido
me daua de amor señales.
Pensè (desdichado engaño)
que era el Marques; y al instante
a hablarle llego, y apenas
el engaño se deshaze;
quando su infeliz hermano,
que por el Marques amante,
mas que hermano, fiel amigo
ronda zeloso la calle,
le llegò a reconocer,
y sobre querer quitarle
de la rexa, sus azeros
dieron rayos a los ayres.
El oculto pretendiente
fue mas dichoso, que a nadie
mas valiente que al difunto
celebraron las edades.
Esta es mi culpa; mi pena,
o tu castigo me mate,

| | pues que venturoso muere, |
| | el que desdichado nace. |

D. Dieg. Ay mas dura confusion?
que aun son mayores mis males
que pensè! que es el Marques,
y no don Sancho, tu amante?
De modo que tengo agora
que librarte y que librarme,
(demas de lo que amenaça
vna desdicha tan grande)
de la vengança furiosa,
de los zelos que causaste
al Marques, y de la ofensa
que en pretenderte me haze?
A Dios, que fuerças aurà,
que con vida y honra saquen
mi opinion de entre los braços
de tantas aduersidades?
no puede ser; pues valor
heredado de mis padres,
para tales ocasiones
viue en el pecho la sangre;
mas di, quien fue el homicida?

Flor. Ni el rostro, ni la voz, ni el talle
conoci.

D. Dieg. Como es possible?

Flor. Fueron breues los instantes
del caso; lo mas te he dicho,
y no ay para que callarte
lo demas, si lo supiera;
la verdad quiero negallos,

A parte.

que me adora don Femando,
y me obliga, aunque me agrauie.

D. Dieg. Como sabré que tu lengua
me ha referido verdades,
Flor?

Flor. Si el credito me niegas,
Ynes y Alberto lo saben;
Mas si prouança procuras

mas secreta, por no darte
por entendido; papeles
del Marques guarda esta llaue,

Dale vna llaue.

que de la verdad que digo
podràn mejor informarte.

D. Dieg.　Muestra, y piensa que no rompe
mi espada tu pecho infame,
porque no digan que empieço
por la muger a vengarme.

Flor.　Si me triste fin desseas,
no importa que no me mate
tu espada que espada son
de la muerte mis pesares. *Vanse.*

Salen el Marques, y don Fernando.

Marq.　Ya os saquè de la ciudad;
ya en este campo desierto
alcança seguro puerto,
por mi vuestra libertad.
Y para poder seguir
la derrota que os agrada,
teneys postas en Tablada,
barcos en Guadalquiuir.
Y porque tengo aduertido
que no pudo a intento ygual,
lo subito deste mal
hallaros apercebido.
Porque no os impida acaso
algo la necessidad,
essas cadenas tomad,

Dale dos cadenas.

que os faciliten el passo.

D. Fer.　Quando la ocasion que veys
no me obligara a acetar,
lo hiziera, por no agrauiar
la largueza que exerceys;
por mil modos dexays presa
mi voluntad.

Marq.　Ya he cumplido mi palabra.

D. Fer.　Y excedido

	el efeto a la promesa.
Marq.	Ya pues que no me podeys
	oponer essa excepcion,
	pedir puedo con razon,
	que quien soys me declareys.
	Que digays que os ha passado
	con mi hermano, y doña Flor,
	porque sepa mi valor
	a lo que estoy obligado.
	Que serà bien, pues por ella
	ha sucedido este mal,
	y soy la parte formal
	en seguilla, o defendella.
	Que entre los dos breuemente
	la causa aqui sustanciada,
	o la perdone culpada,
	o la disculpe inocente:
	assi aueriguo mis zelos,

A parte.

	sin dar a entender mi amor.
D. Fer.	El nunca visto valor,
	de que os dotaron los cielos,
	por ygual engendra en mi
	el recelo y confiança;
	que amenaça la vengança,
	supuesto que os ofendi,
	quando mi pecho confia
	de que le tendreys tambien,
	para perdonar, a quien
	no supo que os ofendia.
	Y assi, o perdonad mi ofensa,
	Marques, o el no declararme,
	que ha de ser, el ocultarme
	de vos, mi mayor defensa.
Marq.	Ved que me aueys agrauiado,
	pues days en esso a entender
	que os engendra mi poder,
	y no mi valor, cuydado.
D. Fer.	Como?
Marq.	Clara es la razon,

en que este argumento fundo,
que si las leyes del mundo
piden la satisfacion,
como fue la ofensa, es llano,
que cuerpo a cuerpo los dos
deuo vengarme, pues vos
matastes assi a mi hermano.
D. Fer. Es assi.
Marq. Pues si es assi:
y que estamos hombre a hombre,
querer ocultarme el nombre.
quando os tengo a vos aqui,
y dezir que dessa suerte,
sino os quiero perdonar
mi ofensa, pensays librar
vuestra vida de la muerte;
no es evidente prouança
de que pensais que pretendo
saber quien soys, remitiendo
a otra ocasion mi vengança,
pues si teniendoos presente,
pensays que no quiero aqui
vengarme de vos por mi:
days a entender claramente
que os pretendo conocer,
porque pueda en mi ofensor,
lo que agora no el valor,
hazer despues el poder?
D. Fer. Vuestro valor solo ha sido,
el que me obliga a ocultarme;
que supuesto que librarme
prometistes, he creydo
que esta seguro mi pecho
esta vez de vos aqui;
pues se ha de entender assi
la promesa que aueys hecho.
Marq. No, de mi palabra es essa
muy larga interpretacion,
conforme a la relacion
se ha de entender la promesa.

Vos dixistes que alterado
os perseguia el lugar,
del os prometi librar,
y del os he ya librado.
Y vos mismo agora aqui
confessaste que he cumplido
mi palabra, y excedido
a lo que os prometi.
Segun esto no ay razon,
que declararos impida,
si ha de quedar fenecida
la causa en esta ocasion.

D. Fer. En albricias de esso os quiero
besar los heroicos pies
porque si acaso, Marques
aqui a vuestras manos muero,
me sera mas conueniente,
que viuir sobresaltado
siempre del duro cuidado
de vn conrario tan valiente.
Y si os mato, a mi valor
doy, quanto en la fama cupo,
venciendo a quien nunca supo,
sino salir vencedor:
y pues ya no me està mal
dezir mi nombre, yo soy
don Fernando de Godoy,
de Cordoua natural.

Marq. En vuestro valor aduierto,
la sangre que os ha animado.

D. Fer. Bien pienso que lo ha prouado
quien a vuestro hermano ha muerto.
Pues si con ygual hazaña
os mato, dezir podrè,
que en vna noche quebrè
entrambos ojos a España.
Con esto os he declarado
lo que mandays.

Marq. Resta agora
que digays lo que con Flora

	y don Sancho os ha passado.
D. Fer.	De vuestro hermano ya oystes,
	que por quererme quitar
	de vna ventana el lugar
	que ocupaua, le perdistes.
	En cuanto a Flor, lo primero
	pensad que jamas su honor
	sufriò la duda menor:
	luego como Cauallero
	y galan me dezid vos,
	si dado caso que fuera
	yo tan dichoso, que huuiera
	secretos entre los dos;
	diera, el descubrillos, fama
	a mi honor, si es, segun siento,
	inuiolable sacramento
	el secreto de la Dama.
Marq.	Pues si callar os prometo,
	el ser quien soy no me abona?
D. Fer.	No ay excepcion de persona,
	en descubrir vn secreto;
	en vano estais porfiando.
Marq.	Aduertid que con callar
	me days mas que sospechar,
	que podeys dañar hablando,
	si al constante desuario
	en que days, de doña Flor
	os ha obligado el honor.
D. Fer.	No me obliga, sino el mio,
	ni temo que sospecheys
	de su honor por esso mal;
	que soys noble, y como tal
	la sospecha engendrareys.
	Y quando no, de no hablar
	nace sospecha dudosa,
	siendo tan cierta y forçosa
	la afrenta de no callar.
	Y porque mas adelante
	no passeys, mi pecho es
	en este caso, Marques,

Marq.

vn sepulcro de diamante.
Ya no basta el sufrimiento,
que añade la resistencia
a los zelos impaciencia,
y furias al sentimiento.
Mas con esta espada yo

Acuchillanse.

el diamante romperè,
y en vuestro pecho verè,
lo que en vuestra boca no.

D. Fer.   A Marques, mucho valor
pusieron en vos los cielos.

Abraçanse, y luchan.
Marq.

La espada animan los zelos,
y el coraçon el dolor.

D. Fer.   Si os ygualo en valentia,
vos en fuerça me excedeys.

Marq.   No os espante, quando veys
la razon de parte mia.

Cae debaxo don Fernando.
D. Fer.   A cielos, vencido soy.
Marq.   Dezid pues lo estays, agora,
que os ha passado con Flora?
D. Fer.   Resuelto a callar estoy.
Marq.   Que os resolueys en efeto,
si con la muerte os obligo,
a no dezirlo?
D. Fer.   Conmigo
ha de morir mi secreto.
Marq.   Leuantad, exemplo raro
de fortaleza y valor,
alto blason del honor,
de nobleza espejo claro:
viuid, no permita el cielo,
que quien tal valor alcança,
por vna ciega vengança
dexe de dar luz al suelo.
Para con vos quedo, bien
con esto, pues si sabeys
que se que muerto me aueys

mi hermano, sabeys tambien
que cuerpo a cuerpo os venci;
y si ya pude mataros,
hago mas en perdonaros,
pues tambien me venço a mi.
Para con el mundo nada
satisfago, si aqui os diera
muerte, pues nadie supiera
que fue la autora mi espada;
por el secreto que ofrece
esta muda obscuridad,
y en tanto que la verdad
de mi ofensor se obscurece.
No tengo yo obligacion
de daros muerte, si bien
la tengo de inquirir, quien
hizo ofensa a mi opinion:
guardaos, si viene a saberse
que fuystes vos mi ofensor,
porque en tal caso mi honor
aurà de satisfazerse.
Mientras no, para conmigo
no solo estays perdonado,
pero os quedaré obligado,
si me quereys por amigo.

D. Fer. De eterna y firme amistad,
la palabra y mano os doy.

Marq. Don Fernando de Godoy,
ydos con Dios; y pensad,
que puesto que ya la muerte
de mi hermano sucediò,
que mas que a mi quise yo:
os estimo de tal suerte,
que trueco alegre y vfano,
a mi suerte agradecido,
el hermano que he perdido,
por el amigo que gano.

ACTO SEGVNDO

Salen el Rey, y el Marques, y don Pedro.
Rey.   Marques, quando solicito
consolaros deste mal,
hallo que yo por ygual
de consuelo necessito.
Vos perdistes vn hermano,
yo vn amigo verdadero,
por cuya lealtad y azero
di terror al Africano.
Y aduertireys que no yerra
la comparacion que he hecho,
pues me defendiò su pecho,
y mi hermano me haze guerra.
Mas teneys del agressor
noticia? que solamente
la pena del delinquente
darà aliuio a mi dolor.
Marq.   Hasta agora se ha ignorado
el homicida; mas yo,
puesto que ya sucediò
el daño, y que està prouado
que desnudaron los dos
los azeros mano a mano,
y dar a mi triste hermano
menos dicha quiso Dios.
Solo me holgara, señor,
que el agressor pareciera,
para que a vos os siruiera
vn hombre de tal valor;
que quien a mi fuerte hermano
cuerpo a cuerpo matar pudo,
pondrà a essos pies, no lo dudo,
todo el Imperio Otomano.
Y assi os pido que los dos
le perdonemos aqui,
dalde vos perdon por mi,

que yo se le doy por vos.
Rey.
Hija de vuestro valor
solo, y de vuestra amistad
es tal accion; leuantad,
Cauallerizo Mayor.
Marq.
Pondrè, donde vos los pies,
la boca.
Rey.
Assi he començado
a pagaros el soldado
que darme quereys, Marques.
Marq.
Tan recto os mostrays, señor,
que aun los intentos pagays.
Rey.
Y porque a mi cuenta hagays,
a quien deui tanto amor,
las obsequias funerales;
las alcaualas os doy
de Cordoua.
Marq.
Hechura soy
de essas manos liberales;
pero dezidme, señor,
si aueys perdonado ya
el agressor.
Rey.
Bien està.
Marq.
Que justicia!
D. Ped.
Que valor!
mil años, Marques gozeys
tanto fauor.
Marq.
Mi fortuna,
señor don Pedro de Luna,
que es vuestra tambien sabeys.
Rey.
Don Pedro, hazed preuenir
la caça al punto; que intento
diuertir mi sentimiento.
D. Ped.
Voyte, señor, a seruir. *Vase.*
Rey.
Estamos solos?
Marq.
Señor,
solo està tu Magestad.
Rey.
Siempre de vuestra lealtad
fue el secreto mayor,
Marques; don Pedro de Luna,

segun informado he sido,
con mi fauor atreuido,
y fiado en su fortuna,
quebrantando la clausura
de mi Palacio Real,
entra a gozar desleal
de vna dama la hermosura:
pena de la vida tiene,
mi justicia le condena;
mas no executar la pena
publicamente conuiene:
que tiene deudos y amigos,
sin numero, y de essa suerte,
cobrara con vna muerte
viuos muchos enemigos,
quando por las dissenciones
de mi hermano es tan dañoso
ocasionar riguroso
en mi Reyno alteraciones.
Y assi yo os mando y cometo
a esse valor y prudencia,
que executeys la sentencia
con breuedad y secreto.

Marq.   Señor.
Rey.   No me repliqueys;
obedeced, y callad,
conozco vuestra piedad,
mi justicia conoceys, *Vase.*
Marq.   Que justicia, que rigor,
si bien se mira, consiente
castigar tan duramente
yerros causados de amor?
para executar cruel
de la pena, del que ha errado
por amor, han señalado,
a quien yerra mas por el.
Valgale alomenos conmigo
saber la fuerça de amor,
ya que en su Alteza el rigor
haze inuiolable el castigo:

valgale, pecho, traçad
como tengays ygualmente,
ni piedad inobediente,
ni executiua crueldad.
Que entrambos fines consigo,
si algun medio puedo hallar,
con que dilate, sin dar
enojo al Rey, el castigo:
porque humane el tiempo en el
este riguroso intento,
oponga otro impedimento
a la execucion cruel:
Ricardo.

Sale Ricardo.
Ric.   Señor.
Marq.   Que dize
desta desdicha el lugar?
Ric.   Todo es sentir y llorar,
sucesso tan infelice:
ignorase el homicida;
mas es publico que Flora
fue del daño causadora.
Marq.   Calla, Ricardo; en tu vida,
sino quieres darme enfado,
me nombres essa muger.
Ric.   Que dizes?
Marq.   Esto has de hazer.
Ric.   Estàs agora enojado.
Marq.   Resuelto, Ricardo, estoy;
ni recado ni papel
de essa liuiana infiel,
me des ya.
Ric.   A los cielos doy
gracias por essa mudança;
que tu sabes que yo he sido
quien siempre te ha persuadido
que gozasses tu priuança,
sin dar que dezir de ti;
y ya que resuelto estàs,
para que confirmes mas

esse intento, escucha.
Marq.   Di.
Ric.   Otra vez dizen que diò
en Cordoua, aurà dos años,
ocasion a grandes daños
doña Flor; porque la hallò
su hermano, (que ya sabràs
su mucho valor) hablando
de noche con don Fernando
de Godoy.
Marq.   No digas mas;
que tan antiguo es el mal!
lo dicho dicho, Ricardo,
no dexe este amor bastardo
en mi la menor señal.
Ya mi hermano desdichado
es muerto, casarme quiero;
daré a mi casa heredero,
darè quietud a mi estado.
A doña Ynes de Aragon
quiero en palacio seruir,
que bien pueden diuertir
su belleza y discrecion
el mas firme pensamiento;
y si merezco su mano,
nunca bien mas soberano
alcançò el merecimiento.
Ricar.   Bien haràs.
Marq.   Para que entiendas
que arrepentirme no aguardo;
toma essa llaue, Ricardo,

Dale vna llaue.

y los papeles y prendas
de Flor entrega al momento
al fuego.
Ricar.   A seruirte voy. *Vase.*
Marq.   Lleue sus cenizas oy,
pues lleua su amor, el viento.

Sale don Diego a parte.
D. Die.   Solo està: buena ocasion

de hablarle es esta; los pies
os beso, señor Marques.

Marq. Señor don Diego.

D. Die. Aunque son
tiempos tales dedicados
solo a sentir y llorar,
no me dexan dilatar
esta ocasion mis cuydados.
No os encarezco, señor,
lo que este caso he sentido,
porque ambos hemos tenido
ygual causa de dolor;
que vn hermano perdeys vos;
yo vna hermana; a Dios pluguiera
que de la perdida fuera
ygual el modo en los dos.
Pues es cosa conocida
que es mas pesada y mas fuerte,
en quien es noble, la muerte
del honor que de la vida.
Y no se, quando os contemplo
de prudencia, de nobleza,
de justicia y fortaleza
muro fuerte, y viuo exemplo.
Como es possible que fuy
yo solo tan desdichado,
que quien a todos ha honrado,
solo me deshonre a mi.
Señor Marques, Flor causò
la muerte de vuestro hermano:
Pero vuestro amor liuiano
causa a mi deshonrra dio.
Conozco vuestro poder,
vos conoceys mi valor;
del Rey los dos el rigor;
mirad lo que aueys de hazer.

Marq. Señor don Diego, testigo
es el cielo soberano,
que de mi difunto hermano
no pudo el dolor conmigo,

lo que el pesar de auer dado
causa a que en su deshonor
se hablasse de doña Flor,
bien lo mostrò mi cuydado,
pues primero la auisè
que no hiziesse nouedad,
primero desta ciudad
a la justicia encarguè
que a vuestra casa guardasse
las deuidas exempciones,
y que en las informaciones
el noble de Flor callasse.
Que del muerto hermano mio
causa en mi de tal dolor
me lleuasse el viuo amor
a ver el cadauer frio.

D. Die.   Confiesso que esse cuydado
os tengo que agradecer.

Marq.   Ya sucediò, no ay poder
que reuoque lo passado.
Mi culpa yo os la confiesso:
pero si de amor sabeys,
no dudo que disculpeys
con su locura mi excesso.
Solo falta dar vn medio,
con que vos tengays seguro
preuencion en lo futuro,
y en lo passado remedio.

D. Die.   Esso intento.
Marq.   Ceda pues
mi passion a vuestro honor,
a vuestra amistad mi amor,
mi gusto a vuestro interes.

A parte.

Supuesto que yo conmigo
no ver a Flor proponia,
con lo que de balde hazia,
quiero ganar vn amigo.
Yo os doy como cauallero
palabra, no solamente

de oprimir mi amor ardiente,
y de que tendrà primero
nueuas de mi muerte Flor,
que indicios de mi cuydado;
mas de no admitir recado,
mensagero ni fauor,
que venga de parte suya;
y porque si nota ha dado
lo que mi amor le ha quitado,
mi poder le restituya.
Harè que su Magestad
tanto, don Diego, os aumente,
que hecho vn sol resplandeciente,
vuestra hermosa claridad
illustre a Flor, y en su llama
los rayos vuestros consuman
los vapores, que presuman
quitar la luz a su fama.

D. Die. Con essos dos medios voy
seguro, y soy vuestro amigo.

Marq. De cumpliros lo que digo,
otra vez palabra os doy.

D. Die. Pues porque os muestre mi pecho
quanto della se confia,
estos testigos tenia

Saca vnos papeīes, y daselos.

del daño que me aueys hecho.
Tomaldos, no quiera Dios,
si a vuestro valor me obligo,
que quiera yo mas testigo
que a vos mismo contra vos.

Marq. Pagarè essa confiança
con amistad verdadera.

D. Die. Y la vuestra, hasta que muera
viuirà en mi sin mudança. *Vanse.*

Sale Encinas.

Encin. Valgate Dios, confusion
y embeleco de Seuilla.
Es possible que se encubra
don Fernando tantos dias,

sin que ni deudos ni amigos
del me ayan dado noticia.
Mas es la Corte, y en ella
estas mañas son antiguas:
vn hombre conozco yo,
que es tahur, y desde el dia
que aun desdichado inocente
en el garito emprestilla,
se va al de otro barrio, que es
como passar a Turquia:
cursa en el, hasta pegarle
a otro blanco con la misma;
y va visitando assi
por sus turnos las hermitas.
Y en acabando la rueda,
se buelue a la mas antigua,
donde, como los tahures
se trasiegan cada dia,
o no va ya su acreedor,
o el haze del que se oluida,
o tiene conchas la deuda,
del tiempo largo prescrita.

Sale
Sale don Fernando de Peregrino a parte.

D. Fer.	Encinas està a la puerta
	de Flor, y no pronostica,
	estar en ella seguro,
	mal sucesso a mis desdichas:
	hidalgo.
Encin.	Quien es?
D. Fer.	Vn hombre,
	que saber de vos querria
	si viuis en esta casa.
Encin.	Señor, señor de mi vida,
	es possible que te veo?
D. Fer.	Quedo, no me conocias?
Encin.	Tu voz conociò el oydo,
	que no tu cara la vista,
	tanto el disfraz desfigura.
D. Fer.	Huelgome, que algunos dias

	importa a ciertos intentos
	andar oculto en Seuilla.
Encin.	No me diràs que te has hecho?
	assi te vas y me oluidas?
	a Encinas con la traspuesta?
	luego querràs que no diga
	de los Cordoueses mal?
D. Fer.	Mal discurres, quando admiras
	mi ausencia y estos disfrazes;
	que en tanto que se auerigua
	quien fue del valiente hermano
	del Marques el homicida,
	me he de ocultar, que auer sido
	yo amante de Flor, me indicia
	de culpado; y assi quiero
	que en este caso me digas
	lo que passa; que ay de Flor,
	y que se dize en Seuilla?
Encin.	Como vino la mañana,
	y tu, señor, no venias,
	sali a buscarte, ofreciendo
	a Dios en hallazgo Missas.
	Hallè toda la ciudad
	alborotada y sentida
	de la muerte de don Sancho;
	y que el vulgo discurria,
	ignorando el agressor:
	si bien la fama publica
	que fue doña Flor la causa:
	de aqui tomò la malicia
	ocasion de diuulgar
	la que en Cordoua ella misma
	dio por ti agora ha dos años
	a semejantes desdichas.
	Mas no por esto a su casa
	se ha atreuido la justicia,
	del lastimado Marques
	preuencion bien aduertida,
	aunque della, y de no auer
	faltado algunos, que digan

que el Marques mismo ayudò
a escaparse al homicida,
y que ha pedido a su Alteza
que de perdonar se sirua
al delinquente; ay algunos
maliciosos, que colijan
que quitaron a su hermano
por orden suya la vida,
por zelos de doña Flor,
conjetura que confirman
las circunstancias, pues fue
sobre hablalla la mohina.
Este es el punto, en que estan
estas cosas; de las mias
sabras que desesperado
de no hallar de ti noticia,
y apretado (Dios lo sabe)
de la pobreza enemiga
me resolui; y oy de Flor
vine a saber si sabia
de ti, y pedir que socorra
mi necesidad esquiua:
hallela triste, y hallè
que su noble hermano auia
tripulado los siruientes,
del juego de amor malillas.
Entrò don Diego, y hallome
con ella: mas no ay quien finja
artificiosos remedios
en desgracias repentinas,
como la muger, al punto
le dize Flor que yo auia
tenido, de que buscaua
vn escudero, noticia,
y entrè por estar sin dueño,
a pedir que me reciba;
conociome, que los dos
en la edad poco entendida
en Cordoua hizimos juntos
mas de dos garçonerias.

Y con esto quiso Dios,
que, o nunca supo, o se oluida
de que he sido tu criado,
y el ser de su patria misma
a justa piedad le mueue,
y a recebirme le obliga:
quedè por criado al fin
de don Diego de Padilla,
si tan suyo como deuo,
tan tuyo como solia.

D. Fer. que el Marques pidio a su Alteza
el perdon del homicida?

Encin. Assi dizen.

D. Fer. Gran valor,

A parte.

por cuantos modos me obliga!
y el Rey que le respondiò?

Encin. Con seueridad esquiua
dixo solo: bien està;
ya conoces su justicia.

A parte.

D. Fer. Bien està? pues no està bien.
En fin es don Diego, Encinas,
tu dueño?

Encin. Desde oy acà;
mas tu Teniente dirias
mejor, ya ves, fue forçosa
la ocasion.

D. Fer. Que lo prosigas
lo es tan bien, por euitar
sospechas.

Encin. Bien aduertida preuencion.

D. Fer. Y porque salgas
del empeño, en que estos dias
te auràs puesto, essa cadena

Dale vna cadena de las que le dio el Marques.

recibe.

Encin. Señor, es fina?

D. Fer. No lo parece?

Encin. En el pobre

	passa el oro por alquimia.
D. Fer.	Si quien me la dio supieras,
	su valor no dudarias.
Encin.	Fue muger?
D. Fer.	No, sino vn hombre,
	a quien deuo la vida.
Encin.	Como, señor?
D. Fer.	Mas espacio
	quiere el caso; agora mira,
	si puedo, porque me importa,
	hablar a Flor.
Encin.	No dezias
	que renunciauas su amor?
D. Fer.	Y otra vez lo digo, Encinas;
	otro es mi intento.
Encin.	Pues entra;
	que agora no ay quien lo impida,
	que no tienen mas criado
	que a mi; sal presto, y euita
	el peligro de su hermano;
	que yo me pongo en espia.

Vase.
A parte.

D. Fer.	Ardiendo y temblando llego
	a mi adorada enemiga;
	que si mis zelos me enojan,
	su enojo me atemoriza.

Sale doña Flor a parte.

Flor.	Es possible que el Marques
	ni me vea ni me escriua?
	cielos, se venga zeloso?
	o agrauiado se retira?
	que es esto? quien es?
D. Fer.	Es, Flor,
	quien de lo que ser solia
	solo tiene la memoria,
	porque de infierno le sirua.
Flor.	Es don Fernando?
D. Fer.	Hasta agora,
	cruel no me conocias?

tan del todo tu mudança
de mi firmeza te oluida?
Es possible que en vn pecho
a quien noble sangre anima,
ya que la mudança cupo,
quepa tambien la mentira?
Falsa, porque me engañaste?
porque el infelice dia
que tras de tantos de ausencia
lleguè mas firme a tu vista.
No me diste desengaños?
que remedian, si lastiman,
aprouechan, aunque ofenden,
y aunque atormentan obligan.
Hizieraslo, si me quieres,
porque guardasse la vida;
y sino, porque dexassen
de cansarte mis porfias,
fue mas cordura obligarme
con tus palabras fingidas
al peligro en que me viste,
y a la desgracia que miras?
Mas como fueras ingrata?
como fueras enemiga?
como muger, sino fueras
contraria a la razon misma?

Flor.   Basta, Don Fernando, basta,
que te engañas, si imaginas,
anticipando tus quexas,
cerrar el passo a las mias.
Si tu me cumplieras, falso,
la palabra prometida,
mi fama y tu amor gozaran
mas quietos y dulces dias.
El secreto me juraste,
y al primer lance, perdida
o la memoria, o la fe,
me ofendes, y lo publicas?

D. Fer.   Yo lo he publicado?
Flor.   Si;

que lo mismo es que lo digan
las obras, que las palabras;
tu lengua, aleue, podia
dezir mas claro tu amor,
que lo dixo vengatiua
tu espada, locos tus zelos,
precipitadas tus yras?

D. Fer.   Bien por Dios; lo que hize yo
para obligar, desobliga?
para disculpar las tuyas,
finges, falsa, culpas mias?
Saquè la espada callando,
puse a peligro la vida,
por no descubrirme, a quien
conocerme pretendia,
solo por guardarte assi
el secreto, y tu lo aplicas
a lo contrario? que clara
se conoce tu malicia!

Flor.   Euitaras el peligro,
pues la resistencia vias
que a mayor publicidad
daua ocasion tan precisa;
dexaras el puesto, huyeras;
que pues no te conocian,
nada perdieras en ello.

D. Fer.   Sin duda mi sangre oluidas;
ser secreto prometi;
no couarde, que no auia
de acetar, quien nacio noble,
cosas que lo contradigan:
no importa no conocerme;
que yo a mi me conocia;
y la misma sangre noble
es Fiscal contra si misma.
Y si tu me conociste,
que mas ocasion querias?
ay mas mundo para mi?
ay mas honra? ay mas estima?

Flor.   Conmigo nada perdieras,

si por mi opinion lo hazias.

D. Fer.

Conocida era la fuga,
la intencion no conocida:
y accion, que es mala por si,
en duda la aplicarias
a lo peor, claro està,
que conozco mi desdicha.
Y dada ya la sospecha
de que tu amor merecia,
quien contigo a tu ventana
de noche hablaua, no miras
que a nadie infamara mas,
huyendo yo, que a ti misma;
pues con causa te acusaran
de que a vn couarde querias?
Ves mi razon? ves tu afrenta?
ves como quedas vencida?
ves como de culpas tuyas
son falsas, las penas mias?
tus engaños cometieron
el delito que me aplicas;
que a no tener otro amante,
y a no dezir, fementida,
que eras quien fuyste, no huuiera
sucedido esta ruyna.

Flor.

Yo otro amante?

D. Fer.

Y aun querido,
que nadie, sin que le admitan,
zeloso guarda la calle,
furioso arriesga la vida.

Flor.

Desdeñado vn poderoso
conuierte el amor en yra:

D. Fer.

En vano para conmigo
falsas disculpas maquinas.
Quedate por siempre, ingrata,
liuiana, aleue, fingida,
mudable, tirana, fiera
tigre Hircana, y sierpe Libia,
quedate, que solo vine
a exalar las llamas viuas

que de tu ofensa engendradas
dentro de mi pecho ardian,
con dezirte sola a ti
tus infamias, tus mentiras,
mudanças y liuiandades,
ya que el ser quien soy me priua
de romper con publicarlas
la palabra prometida
que yo ofendido la guardo,
y tu obligada la oluidas.
Y assi para no ver mas
falsedades tan indignas
de quien eres y quien soy,
no me veràs en tu vida.

Flor.

Vete, ocasion de mis males,
vete, y los cielos permitan
que ni el eco de tu nombre
buelua otra vez a Seuilla.

D. Fer.

Como, traydora? te huelgas
que de tu amor me despida?
mi nombre ofende tu oydo,
y mi presencia tu vista?
pues viue Dios que por esso,
aunque arriesgara mil vidas,
he de ser eternamente
vna sombra que te siga,
porque me vengue en lo mismo
con que a vengança me incitas.

Flor.

Pues yo, si en esso te vengas,
sabrè hazer.

En.

Señora, mira, que viene tu hermano.

Flor.

Ay triste, vete Fernando.

D. Fer.

Enemiga,
mi muerte y la tuya espero.

Encin.

Pues duelete de la mia:
vete, señora, a tu quarto,
y tu, señor, te retira
a mi aposento.

Flor.	Verè,
	antes que muera, algun dia
	que por tu causa no tenga
	alborotos y desdichas? *Vase.*
D. Fer.	Y yo sin mudanças tuyas
	vere alguno?
Encin.	Señor, mira,
	que llega don Diego.
D. Fer.	Llegue,
	y a sus manos vengatiuas
	muera yo, Encinas, primero
	que a las de su hermana viua.
Encin.	Acaba, que a toda ley
	es bueno guardar la vida.

Vanse, y Salen doña Ana y Ynes.

Ana.	Hazete Flor soledad?
Yn.	Mal pudo, señora mia,
	sentirla en tu compañia.
Ana.	Pagas, Ynes, mi amistad.
Yn.	Solo siento la tristeza
	que con mi ausencia padece.
Ana.	A fe que no la merece.
Yn.	Es pension de su belleza:
	pero ya viene el Marques.
Ana.	Bien su palabra ha cumplido.

Sale el Marques.

Marq.	Alegre y desuanecido
	vengo a seruiros.
Ana.	Los pies
	os beso por tal fauor.
Marq.	Començad pues a mandarme;
	y si quereys obligarme,
	esse es el medio mejor.
	Pedido me aueys que os vea;
	aduertid, doña Ana hermosa,
	que no ha de ser para cosa
	que muy dificil no sea.
Ana.	La nobleza y cortesia
	que en vos celebra la fama,
	porque es muger la que os llama,

disculparà su osadia.
Y esso mismo me assegura
que tendrà en esta ocasion
efeto mi pretension
y mi esperança ventura.
Señor Marques, doña Flor,
en cuyo constante pecho
inhumano estrago han hecho
vuestra ausencia y vuestro amor.
Como os aueys retirado
tan del todo de sus ojos,
que aun no aliuia sus enojos
de parte vuestra vn recado.
Està oprimida de suerte
de pesar y sentimiento,
que perdido el sufrimiento
pide remedio a la muerte.
Yo, que estimo su amistad,
y en vuestra nobleza fio,
he tomado a cargo mio
amansar vuestra crueldad.
Merezca vna vez si quiera
veros el rostro, por ser
vos noble, y ella muger,
y yo, Marques, la tercera.

A parte.
Marq.

Ay Flor, bien saben los cielos
que a tantos rayos de amor,
a no resistir mi honor,
no resistieran mis zelos.
Di mi palabra: maldiga
el cielo al necio imprudente,
que con enojo presente
a lo futuro se obliga.
Señora, lo que pedis,
a ser dificil lo haria:
mas es por desdicha mia
impossible.

Ana.   Que dezis?
Marq.   Digo.

Encin. Pues, señor, assi te cuelas?

D. Die. Ya a la impaciencia
se rindiò la resistencia;
mas el Marques està aqui.

Encin. En canta la piedra has dado.

D. Die. Quedo; pues no me han sentido,
quiero aplicar el oydo;
que a zelos toca el cuydado.

Marq. Segun esto no os espante
mi resolucion.

Ana. Señor.

Marq. Tratarme agora de amor,
es ablandar vn diamante.

Ana. Acabad; cessen enojos,
no puedan tanto los zelos.

A parte.

D. Die. Por Dios que le ruega, cielos,
tal vienen a ver mis ojos!

Marq. Doña Ana, en vano os cansays.

Ana. Rogado os endureceys?
no a la sangre que teneys,
la condicion conformays.

D. Die. Ello es cierto.

Marq. Lo que os pido
es, que no me trateys mas
de essa materia.

Ana. Iamas
me huuiera yo persuadido,
sino lo llegara a ver,
y aun lo dudo, aunque lo toco,
que con vos puedan tan poco
los ruegos de vna muger.
No dareys, Marques, lugar
a las disculpas si quiera?

Yn. Esto es justo.

Marq. Yo lo hiziera,
si me pudiera mudar.

Ana. Maldiga Dios a don Diego,
que a vna determinacion

	tan cruel dio la ocasion.
Encin.	Oyes esto, señor?
D. Die.	Luego
	el Marques por zelos mios
	la trata con tal rigor?
	aora bien, ya que el amor
	no ayuda mis desuarios,
	a vn engaño me apercibo,
	con que, pues no soy dichoso,
	lo que no alcanço amoroso,
	alcançarè vengatiuo.
	Aqui me importa que des
	a entender, que eres criado
	del Marques.
Encin.	Esse cuydado
	me dexa, que facil es;
	que pues hasta aqui por tuyo
	no me conocen, saldrè
	con el, y assi passarè
	plaça de criado suyo.
D. Die.	Pues al punto que el se ausente,
	buelue a entrar, y de su parte
	estos doblones reparte
	Dale vn bolson.
	en la familia siruiente
	de doña Ana; y al que fuere
	mas cudicioso, diràs
	que el Marques le ofrece mas,
	porque esta noche le espere
	a la puerta de doña Ana;
	que a deshora quiere hablalle,
	y el secreto has de encargalle.
Encin.	No serà tu industria vana
	por mi parte.
D. Die.	Bien de ti
	se lo que puedo fiar;
	yo quiero, por no causar
	sospechas, yrme de aqui,
	pues no me han visto. *Vase.*
Ana.	Bien se que a doña Ynes de Aragon

seruis ya.

Marq.   Y en su aficion
viue contenta mi fe;
mas con todo, si pudiera,
os dexara mas gustosa.

Ana.   Nunca os pedirè otra cosa,
pues he errado la primera.

Marq.   Que me dezis, perdon os pido,
y que os quexeys de essa suerte,
si en mi pudiere la muerte,
lo que vos no aueys podido. *Vase.*

Ana.   Terrible rigor.

Encin.   Ynes, quedate con Dios.

Yn.   Aqui estauas, Encinas?

Encin.   Si,
que vine con el Marques.

Yn.   Pues que? le sirues?

Encin.   Y soy
quien priua mas en su pecho.

Ana.   Dime, Encinas, que se ha hecho
don Fernando de Godoy?

Mete la cabeça Encinas en el vestuario.

En.   Que? me llama el Marques? si,
ya voy; que presto me echò
menos, juraralo yo,
no viue vn punto sin mi;
perdonad hasta otro dia. *Vase.*

Ana.   Buen gusto tiene el Marques.

Yn.   Siempre con señores es
feliz la bufoneria. *Vanse.*

Sale don Pedro.

D. Ped.   Negocio tiene conmigo,
quando le dà la aficion
de doña Ynes de Aragon,
en mi vn oculto enemigo?
El la sirue, y yo en secreto
la gozo, y he de callar;
no se venga a sospechar
el delito que cometo:
gran tormento, mas el viene.

Marq.   Señor don Pedro.
D. Ped.   En cuydado,
          señor Marques, vn recado
          de parte vuestra me tiene:
          ay en que os sirua?
Marq.   Creed
          que pago vuestra amistad,
          y fe con la voluntad
          que en todo me hazeys merced.
          Oy ha llegado vn correo,
          (ya lo sabreys) de Granada,
          de la muerte desdichada
          de don Miguel Carabeo,
          nuestro General valiente:
          y al punto para ocupar
          tan importante lugar,
          hallè que era conueniente
          vuestra persona; mirad
          si os disponeys a acetallo,
          porque quiero consultallo
          luego con su Magestad.

A parte.

          Con este piadoso medio
          quiero dilatar su muerte,
          porque entretanto la suerte
          le disponga otro remedio.

A parte.
D. Ped.   Darme lo que yo no pido,
          no teniendole obligado,
          quando se que a nadie han dado
          cargo que no aya pedido;
          no es por bien: que fin tendrà
          en ausentarme el Marques?
          zelos no de doña Ynes,
          que oculto mi amor està.
          Mi poder y su mudança
          teme sin duda, alexarme
          quiere del Rey, por cortarme,
          el hilo de mi priuança:

conozco la obligacion,
Marques, en que me poneys,
mas aduertid que dareys
de quexas justa ocasion,
dandome, lo que podran
pretender mil Caualleros,
cuyos valientes azeros
terror a los Moros dan.
Yo viuo alegre en mi estado,
ni mas grande ni mas rico
quiero ser; y assi os suplico
me tengays por escusado.

A parte.
Marq.   Triste de vos, que os perdeys;
esto al seruicio conuiene
del Rey.

D. Ped.   Sin numero tiene
soldados, en quien podeys
tambien como en mi, el baston
emplear.

Marq.   Dezid en quien?
D. Ped.   En el señor de Baylen.
Marq.   Parte a seruir a Aragon.
D. Ped.   En don Sancho Marmolejo.
Marq.   Lleua a Francia la embaxada.
D. Ped.   En don Francisco de Estrada.
Marq.   Està enfermo, y es muy viejo.
D. Ped.   En don Fernando Manrique.
Marq.   Ocupaciones forçosas
son las suyas en las cosas,
del Infante don Enrique.
Yo en fin lo he mirado bien,
no me arguyays; acetad
el cargo y mi voluntad;
y aduertid que os està bien.

D. Ped.   Mas parece que os conuiene
a vos, segun me apretays.

Marq.   En esso no os engañays;
que quien es mi amigo, tiene,
don Pedro, en mi coraçon

tanta parte, que desseo
como propio, lo que veo
que ha de aumentar su opinion.

D. Ped. Yo agradezco la amistad;
pero os aduierto, Marques,
que para mi no lo es.

Marq. O quien pudiera! mirad
que os aconsejo.

D. Ped. No hableys
mysterioso; en su porfia

A parte.

crece la sospecha mia:
y para que no os canseys,
por vltimo desengaño,
digo que estoy satisfecho
de que traçays mi prouecho;
pero yo quiero mi daño.

A parte.
Marq. Quanto resiste obstinado,
tanto piadoso desseo
remedialle; porque veo
que yerra de enamorado.

D. Ped. Mandays otra cosa?

Marq. En esto
pido solo que os mireys;
y a Dios.

A parte.
D. Ped. Pues vos me quereys
quitar del dichoso puesto,
en que con el Rey estoy,
yo del vuestro os quitarè.

A parte.
Marq. De la muerte os librarè,
o no serè yo quien soy.

ACTO TERCERO

Salen don Diego, y Encinas de noche.

D. Dieg.	Solo aquel, que tu hidalgo nacimiento, tu fuerte coraçon, tu entendimiento, y honrado proceder, como yo, sabe, confiara de ti caso tan graue.

Encin.   Tu confiança a mucho mas me obliga.

D. Dieg.   Permita amor que mi intencion consiga.

Encin.   Estarà puntual el Escudero;
que gran negociador es el dinero!
cercaronme al partir de los doblones,
como a la flor la vanda de abejones,
con cada escudo, que a qualquiera daua,
vn ojo a los demas les faltaua;
mas este, a quien di parte de tu intento,
no vi miron de pintas mas atento;
verè si aguarda.

A parte.
D. Dieg.   Ayuda, noche obscura,
a quien vengarse de vn desden procura;
pues doña Ana al Marques adora, intento,
fingiendo serlo, entrar en su aposento,
donde, lo que no amor, me dè el engaño:
loco estoy, remediar quiero mi daño;
y a quien le pareciere excesso graue,
no me condene, si de amor no sabe.

Sale vn Escudero.
Encin.   Pues sabeys su poder, y su priuança,
tened de grandes premios confiança;
mas sabelde obligar.
Escu.   Como? la vida
en seruirle darè por bien perdida;
porque de liberal y agradecido,

	tiene el nombre que nadie ha merecido.
Encin.	Llegad.
Escu.	Es el Marques?
Encin.	Si.
Escu.	Señor mio, que me quereys mandar?
D. Dieg.	De vos me fio, y vos fiad de mi.
Escu.	Escusad rodeos,
	y prouad en mis obras mis desseos.
D. Dieg.	Doña Ana està acostada?
Escu.	Y recogidos todos en casa ya.
D. Dieg.	Sin ser sentidos,
	los dos hemos de entrar en su aposento.
Escu.	Que pretendeys?
D. Dieg.	Sin preguntar mi intento,
	lo hazed para obligarme deste modo,
	que mi poder os sacara de todo.
Encin.	Por el lo hazeys, y el mismo os assegura
	no repliqueys, que os busca la ventura.
Escu.	Yo temo.

A don Diego.

Encin.	El carro gruñe, importaria
	vntarlo.
D. Dieg.	Oy reparti quanto tenia,
	tienes dinero tu?
Encin.	No tengas pena,
	suplir puede la falta esta cadena,
	que me dio vn amo, a quien servi primero.

Dale la cadena, y Don Diego al escudero.

D. Dieg.	Pagaros parte de mi deuda quiero;
	tomad.
Escu.	A quien no vencereys? Callando venid.

A parte.

D. Dieg.	Las luzes matarè en entrando.
Encin.	Dios nos saque con bien.
D. Dieg.	Si los criados
	vieredes por ventura alborotados,
	y quisieren entrar, vos en mi nombre
	los detened y amenaçad.
Escu.	No ay hombre
	en esta casa, que por vos no muera.

En.   Que engañado se hallara, quien lo
hiziera. *Vanse.*
Salen el Rey, y el Marques.
Marq.   No puede en esta ocasion
       ocupar persona alguna,
       como don Pedro de Luna,
       de General el baston.
       Que vistos y examinados
       los demas, en quien podeys
       empicalle, los teneys,
       donde importan, ocupados.
       Y la valerosa espada
       de don Pedro solamente
       hasta a ceñiros la frente,
       con el laurel de Granada.
Rey.   Las ordenes que yo os doy,
       executays dessa suerte?
Marq.   Dispuesto a dalle la muerte,
       como aueys mandado, estoy;
       mas por la nueua ocasion
       os le consulto de nueuo.
Rey.   Marques, la piedad aprueuo,
       condeno la remision.
Marq.   Vos mandays que con secreto
       le mate, y bien podeys ver
       que no es facil disponer
       con breuedad el efeto.
       Y assi en mi la dilacion
       no nace de resistencia,
       mas de buscar con prudencia
       el tiempo a la execucion.
       Fuera de que bien mirado,
       alguna vez el rigor
       de la justicia, señor,
       cede a la razon de estado.
Rey.   Es assi.
Marq.   Pues siendo assi,
       donde podrà la razon
       derogar la execucion,
       de la ley mejor que aqui?

Con justa causa lo infiero,
porque no es mas conueniente
castigar vn delinquente,
que ganar vn Reyno entero.
Demas de que no os priuays
assi de cumplir con todo,
que el castigo deste modo
diferis, no perdonays.
Y pues que con ausentalle,
el delinquir cessarà,
allà aprouecha, y acà
no daña el no castigalle.

Rey.   Tiene en mi tanto valor
ver en vos essa amistad;
que se dà a vuestra piedad
por vencido mi rigor.
Vaya don Pedro a Granada,
goze el honroso baston,
mas por vuestra intercession,
que por su valiente espada.

Marq.   Es el mas alto fauor,
que de vuestra Magestad
recebi jamas.

Rey.   Alçad,
mi mayordomo mayor.

Marq.   Hechura soy vuestra.

Rey.   Quiero
teneros siempre a mi lado,
que pues el mundo me ha dado
renombre de justiciero.
Por merecerle mejor,
sin que el excesso me dañe,
es bien que en todo acompañe
vuestra piedad mi rigor.

Sale don Pedro.
A parte.
D. Ped.   En estando solo el Rey,
le darè del caso cuenta,
que pues derribarme intenta,
la defensa es justa ley.

Marq.   Don Pedro viene.
D. Ped.   Los pies
me dè vuestra Magestad.

Rey.   Mi General, leuantad.
A parte.

D. Ped.   Que clara muestra el Marques
su embidiosa emulacion!

Rey.   Luego os partid a Granada,
que importa alli vuestra espada.

D. Ped.   Tomada resolucion,
no ay replicar; mas cordura
es mostrarme agradecido:
de nueuo los pies os pido,
donde hallè tanta ventura:

Dentro.

detente, muger, aguarda.

Sale doña Ana con manto.

Ana.   Los oydos y las puertas
ha de tener siempre abiertas
vn Rey, que justicia guarda:
Rey poderoso y sabio,
recto, noble, Catholico, y prudente,
castigo del agrauio,
de la virtud amparador valiente;
a quien, por ser tan justo y tan seuero,
propios y estraños llaman justiciero.
Yo soy, señor inuicto,
doña Ana de Leon, que los blasones
de mi estirpe acredito,
con montañesas vandas y Leones;
de aquel arbol soy rama; siempre en ellas
fulminaron desdichas las estrellas,
Don Fernando de Castro
assombro de las huestes Otomanas,
que a Pyras de alabastro
dà presuncion con sus cenizas vanas,
me diò el ser y la dicha, que importuna
mira el merecimiento la fortuna.
Su fin arrebatado
me dexò sola en orfandad funesta,

para eligir estado,
no la prudencia, si la edad dispuesta;
y assi mi juuentud poco entendida
passaua en muda confusion la vida.
Quando no se que Signo,
que aduersa Estrella, que Planeta ayrado
para mi mal preuino
que el Marques don Fadrique, esse, que al

lado

vuestro es Atlante desta Monarchia,
me fuesse a visitar a instancia mia.
Para vn intento ageno
le llamè, bien lo sabe, quien creyera
que alli el mortal veneno
de mi opinion y honestidad beuiera?
bien dizen que la suerte està constante
en tablas esculpida de diamante.
Despidiose, encubriendo
su aleue intento, y ya determinado,
para el delito horrendo
se encomendò a la industria de vn criado,
y por su astuta mano de los mios
con dones conquistò los aluedrios.
Como es possible, como;
quando ostentays la rigurosa espada,
desde la punta al pomo
de incessable suplicio ensangrentada,
que incurra en mas culpable atreuimiento,
quien mas de cerca mira el escarmiento?
Las cumbres ya del Polo
pisaua de traycion la negra autora;
y yo en mi lecho solo
los rayos aguardaua de la Aurora,
bañandome las vrnas de Morfeo
en las dulces corrientes del Leteo.
Quando el Marques tyrano
mis castas puertas abre, poco fuertes
a su prodiga mano,
que esparze dones, y amenaça muertes
a la familia vil, mientras dueño

vuestra justicia asseguraua el sueño,
Oculto de mi fama
el robador en la tiniebla obscura,
llegò a mi honesta cama:
ojalà fuera triste sepultura,
y publicara la inscripcion sangrienta
al mundo, antes mi fin, que yo mi afrenta.
De sus braços apenas
senti el inusitado atreuimiento,
quando con vozes llenas
de confusion, temor, duda, y tormento,
pido fauor, pregunto quien me ofende;
nadie responde, nadie me defiende.
Solo el Marques aleue
en baxa voz; que al fin como traydora
timido aliento mueue;
el Marques don Fadrique soy, señora,
dixo; y porque a defensas me apercibo;
fuerças aplica a su furor laciuo.
Yo a su apetito ciego
culpo humilde, resisto valerosa,
enternecida ruego,
amenaço cruel, lloro amorosa,
vuestro rigor le traygo a la memoria,
vltima apelacion de mi vitoria.
Ni amenaças, ni quexas,
ni ruegos penetraron solo vn grado,
por las sordas orejas
al pecho en sus intentos obstinados;
antes daua a su indomita violencia
mas insano furor mi resistencia.
Al fin su fuerça mucha,

en la prolixa lucha
al pecho aliento y vozes a la boca
negaron; lo demas, si es bien contarlo,
la verguença lo dize con callarlo.
Luego el traydor Tarquino
me dexò en cambio la tiniebla obscura:
yo con el desatino

de tan incomparable desuentura,
a tener el ladron tiendo los braços,
y a vanas sombras doy y vanos abracos.
Assi quedé llorando
sin mi culpa el ageno desuario,
la suerte blasfemando,
que a vn tyrano poder sujeto el mio:
solo ya el pensamiento en mi vengança,
solo en vuestra justicia la esperança.
Iusticia, Rey, justicia;
muestre tanto mas viuos sus enojos,
quanto es mas la malicia
del que sus aras ofendio a sus ojos:
pues vibra joue el rayo vengatiuo
mas ardiente al peñasco mas altiuo.
Prueue el desnudo azero
este que al cielo se atreuio gigante;
y el nombre Iusticiero
que en el delito despreciò arrogante:
ya que no fue bastante a refrenallo,
baste para vengarme y castigallo.

Marq.   Por el sagrado laurel
que os ciñe la frente altiua,
assi coronada viua
infinitos años del,
que es engaño y falsedad
quanto ha dicho.

Ana.   Podra ser,
gran señor, que su poder
obscurezca mi verdad?

Rey.   No, doña Ana, mi corona
fundo, en tener la malicia
refrenada, en mi justicia
no ay excepcion de persona.
A de mi guarda.

Marq.   Creed, gran señor.

Rey.   Marques, callad;
en juyzio le acusad;
en juyzio os defended.

Salen guardas.

Guar.   Que mandays?
Rey.   Vaya el Marques
                    preso al quarto de la torre.

A parte.
D. Ped.   La fortuna me socorre;
                    moued, vengança, los pies.
                    La ocasion tengo en la mano
                    para acumularle agora,
                    que el por los zelos de Flora
                    hizo matar a su hermano.
Marq.   Como, doña Ana, ha cabido
                    tan gran traycion en tu pecho?
Ana.   Como a negar lo que has hecho,
                    tyrano, te has atreuido?
Marq.   Ella està loca.
Ana.   El se fia
                    en su poder.
Marq.   Breuemente
                    harè mi verdad patente.
Ana.   Y yo prouaré la mia.
Vanse
Salen Encinas de donado Francisco, y con antojos, y don Diego.
Encin.   Voy bueno?
D. Die.   Encinas, aduierte
                    si es tu deuda conocida,
                    pues quando puedo mi vida
                    assegurar con tu muerte.
                    Tanto de tu pecho fio,
                    que dexo en esta ocasion,
                    en tu lengua mi opinion,
                    y mi vida en tu aluedrio.
Encin.   De hidalgos padres naci
                    en Cordoua, tu lo sabes;
                    y que de mil casos graues
                    honrosamente sali.
                    Fuera de que te assegura
                    este disfraz y mi ausencia,
                    si a tan dura contingencia
                    viniesse mi desuentura,
                    que me prendiessen, de mi

	puedes fiar, que primero
	mi pecho al verdugo fiero
	diera mil almas que vn si.
D. Die.	La vida a entrambos nos va.
Encin.	Gran yerro por Dios hiziste;
	como, di, no preueniste,
	lo que sucediendo esta?
D. Die.	No pensè que resistiera
	doña Ana, quando emprendiò
	el engaño; antes crey
	que alegre talamo diera
	al Marques; vime en sus braços,
	toquè marfiles bruñidos,
	gustè labios defendidos.
	y gozè esquiuos abraços.
	Creciò el apetito, el fuego,
	el furor, lo mismo hiziera,
	si la espada al cuello viera,
	o el amor no fuera ciego.
Encin.	El fue bocado costoso:
	mas paciencia, y al reparo,
	que Adan lo comiò mas caro,
	y a la fe menos gustoso.
D. Die.	Tu, mi hermana, y yo no mas
	sabemos que mè has seruido,
	con que viuas esco
Encin.	Esso importa, y la manzilla
	cayga en el pobre Marques.
D. Die.	Poderoso, Encinas, es,
	y saldrà al fin a la orilla.
Encin.	Y la verdad le valdrà.
D. Die.	Y a nosotros la prudencia,
	la industria, y la diligencia.
Encin.	A Dios, que desta se va
	Fray Bartolo; hasta la buelta
	me arroja tu bendicion:
	mas escucha este pregon,
	que anda la Corte rebuelta.
Pregonan dentro.	
Preg.	El Rey N. Señor promete dos

mil ducados, a quien entregare pre
so a Iuan de Encinas natural de Cor
doua, y a el mismo, si se presenta
re, con perdon de todos sus delitos,
y manda que nadie le ampare ni
encubra, pena de la vida. Mandase
pregonar, porque, & c.

Encin.   Que dizes del pregoncete,
y de los dos mil?

D. Die.   De prissa
deue andar la pesquissa:
Encinas amigo, vete.

Encin.   Dos mil ducados, y verme
seguro desta aflicion?
por Dios que es gran tentacion;
muy cerca està de vencerme.

D. Die.   Que es lo que dizes?

Encin.   Si puedo
pescar esta cantidad
y viuir con libertad,
quien me mete en tener miedo,
andar retirado y solo,
fugitiuo, alborotado,
bandido, y sobresaltado,
hecho el hermano Bartolo?
Señor, perdona; allà va

Haze que se desnuda.

tu disfraz y tu dinero.

D. Die.   Estàs loco? tente.

Encin.   Quiero,
pues Dios su mano me di,
verme libre de pobreza
y justicia.

D. Die.   Esta es lealtad? esta es ley?

Encin.   La caridad,
señor, de si misma empieça.

D. Die.   Yo te darè mucho mas,
de mi hazienda.

Encin.   *Y* el perdon de mi culpa?

D. Die.   Del pregon te fias?

Encin.   Pues que? diras que es engaño?
D. Die.   Si.
Encin.   En los Reyes la palabra es ley.
D. Die.   No ay ley,
          Encinas, que obligue al Rey,
          porque es autor de las leyes.
Encin.   Quando en publico le obliga,
          empeña su autoridad:

Haze que se desnuda.

          resuelto estoy; libertad,
          libertad.
D. Die.   Suerte enemiga,
          mirad de quien me he fiado;
          muera yo, pues indiscreto
          quise fiar mi secreto.
Encin.   Lindamente la has tragado.
D. Die.   Que dizes?
Encin.   Tu confiança
          prouè con este picon.
D. Die.   Muy pesadas burlas son:
          pero nunca tu mudança
          creî del todo.
Encin.   Señor,
          tienen los pobres criados
          opinion de interessados,
          de poco peso y valor.
          Pese a quien lo piensa; andamos
          de cabeça los siruientes?
          tienen almas diferentes
          en especie nuestros amos?
          Muchos criados no han sido
          tan nobles como sus dueños?
          el ser grandes, o pequeños;
          el seruir, o ser seruido;
          en mas o menos riqueza
          consiste sin duda alguna;
          y es distancia de fortuna,
          que no de naturaleza.
          Por esto me cansa el ver
          en la Comedia afrentados

	siempre a los pobres criados,

siempre a los pobres criados,
siempre huyr, siempre temer;
y por Dios que ha visto Encinas
en mas de quatro ocasiones
muchos criados leones,
y muchos amos gallinas.

D. Die. Bien dizes, vete con Dios,
y mas peligro no esperes. *Vase.*

Encin. A Dios, que donde murieres,
hemos de morir los dos.
Oy han de ser restaurados
en su opinion por mi fe
los que siruen, oy serè
vn Pelayo de criados.

Sale Ynes con manto, y don Fernando.

Yn. Oye, hermano?

A parte.

Encin. Pese a mi;
Ynes, y Fernando son.

Yn. Tenga.

D. Fer. Escuche, que pregon
es el que se ha dado aqui?
que importa sabello.

Yn. El es sordo, o tonto.

A parte.

Encin. Que aya sido
tan desdichado! perdido
soy, si me conoce Ynes.

D. Fer. El cielo en el retratò
a Encinas.

Encin. Aquesto es hecho.

A parte.

Yn. Otra vez segun sospecho,
esta cara he visto yo.

A parte.

Encin. Acabose: el mismo diablo
los traxo aqui; deste modo

Hazese Cruzes y vase.

me escaparè; que del todo
me han de conocer, si hablo.

Vase.

D. Fer.	Tenga.
Yn.	Aguarde.
D. Fer.	Tentacion
	deues de darle sin duda,
	pues haze la lengua muda,
	cruzes en el corarçon.
Yn.	Yo tentacion?
D. Fer.	Iuraria que era Encinas.
Yn.	Yo tambien.
D. Fer.	Mas a serlo, yo se bien
	que no se me encubriria.
Yn.	Otro nos informarà.
D. Fer.	Prosigue.
Yn.	Hanle acumulado
	a la fuerça, que ha mandado
	matar su hermano, y està
	prouado que ya escondiò
	el mismo al fiero homicida:
	y aun dizen mas, que la vida
	al matador le quitò,
	para encubrillo.
D. Fer.	Que engaño!
Yn.	Apretado està el Marques,
	don Pedro de Luna es
	quien le ha hecho todo el daño,
	por ser su competidor
	en priuança.
D. Fer.	No fue ya a Granada?
Yn.	Ya estarà
	dando a los Moros temor.
D. Fer.	Que notables estrañezas
	me cuentas?
Yn.	Donde has estado, que esto ignoras?
D. Fer.	Retirado
	me han tenido mis tristezas.
Yn.	Si las ha causado Flor,
	muda intento por tu vida;
	que el Marques, aunque la oluida,
	es quien la abrasa de amor.

D. Fer.	Hasta agora pensé yo
	que era su hermano el amante
	de Flora.
Yn.	Causa bastante
	su muerte a esse yerro dio:
	y a Dios, que el tiempo no es mio,
	con las desdichas que ves.
D. Fer.	Lo que en mi has tenido, Ynes,
	tendras siempre.
Yn.	Assi lo fio. *Vase.*
D. Fer.	Que hemos de hazer, coraçon,
	en vn tan confuso estado?
	el que la vida me ha dado,
	por mi culpa està en prision.
	A Flora perdi por el;
	mas el en que me ofendiò,
	si mi aficion ignorò?
	palabra de amigo fiel
	le di, y me dio, y ha cumplido
	el la suya; pues mi vida
	serà primero perdida,
	que yo en amistad vencido. *Vase.*

Salen el Rey, y el Secretario.

Rey.	Esto es justicia.
Secre.	Señor,
	por indicios solamente
	ha de morir vn pariente
	vuestro de tanto valor?
Rey.	No os dè necia confiança
	ser sus delitos dudosos,
	que contra los poderosos
	los indicios son prouança.
	Contra el Marques que testigo
	quereys vos que se declare,
	sin que el temor le repare
	de tan valiente enemigo?
	Fuera de que muchos son
	los indicios y vehementes,
	y estos dos son accidentes
	que hazen plena informacion.

Prueuase que el mismo dia
a doña Ana visitò,
que a su gente repartiò
dineros, quando salia.
La cadena, que al criado
a abrir abligò la puerta,
era suya, cosa es cierta,
tres testigos lo han jurado.
Demas desto le condena
la publica voz y fama,
tyrano el vulgo le llama,
y a vozes pide su pena.
Que por mas justo que sea,
siempre aborrece al priuado,
y como ocasion ha hallado,
haze ley, lo que dessea.
Iuzgad agora si quiero
con razon y causa urgente,
castigar vn delinquente,
y quietar vn Reyno entero.

A parte.

Para aclarar la verdad
conuiene tanto rigor,
y oy la experiencia mayor
tengo de hazer; escuchad.

Habla al oydo al Secretario, y vase el Secretario.
D. *Ped.*   Vuestra Magestad me dè
sus pies.

Rey.
Sale don Pedro, con vanderas Moriscas arrastrando, al son de caxas.
D. *Ped.*   Que oy la fortuna
Africana os besa el pie.
Supo el Moro de Granada
la muerte del General
don Miguel; mas por su mal
se le encubriò mi llegada:
al campo, que sin cabeça
juzgò engañado; embistiò
animoso, mas venciò
breuemente vuestra Alteza.

	Vuestra es Granada, y su tierra;
	y assi yo a seruiros vengo
	en la paz, porque no tengo
	que hazer agora en la guerra.
Rey.	Seruicio tan excessiuo
	con excesso me ha obligado,
	y assi con ygual cuydado
	a premiaros me apercibo.
	Y por justo galardon
	de la vitoria que gano
	oy por vos, os doy la mano
	de doña Ynes de Aragon.
D. Ped.	Es el premio sin medida.
Rey.	Lo que en dote quiero daros,
	no menos ha de alegraros.
D. Ped.	Ya lo espero.
Rey.	Es vuestra vida.
D. Ped.	Mi vida? como, señor?
Rey.	Yd al Marques don Fadrique,
	y dezilde que os explique
	su piedad y vuestro error.
D. Ped.	Vos no podeys declarallo?
Rey.	Tanto a castigar me incito,
	que se, si nombro el delito,
	que no podrè perdonallo.
D. Ped.	El Marques no lo dirà,
	si fue entre los dos secreto,
	sin vn firmado decreto.
Rey.	Este sello lo serà;

Dale vna sortija.

	y oy conocereys la fe,
	de quien aueys perseguido.

A parte.

D. Ped.	El Rey sin duda ha sabido
	que el Palacio quebrantè. *Vanse.*

Salen don Fernando, y doña Flor.

D. Fer.	Yo se, hermosa doña Flor,
	que al Marques tu pecho adora,
	no vengo a quexarme agora
	de tu mudança y su amor:

que la desesperacion
ha dado muerte al cuydado.

Flor. Nunca mas rayos ha dado
de su luz tu discrecion.

D. Fer. Solo vengo a que me dès
relaxacion del secreto
que te ofreci, y te prometo
darte libre a tu Marques.

Flor. Pues quando puedas libralle
de la muerte de su hermano
que le imputan, no està llano
que es impossible escusalle
la que espera condenado
a ella ya, por el excesso
de la fuerça?

D. Fer. Flor, en esso
dexa el cargo a mi cuydado.

Flor. Si la libertad assi
ha de conseguir, supuesto
que nunca al fauor honesto,
quando te quise, excedi:
y que solo te encarguè
que el amor nuestro callases,
porque al Marques no estoruasses;
que la mano que esperè,
me diesse, y ya lo ha sabido,
no ay en ello que perder;
y assi puedes ya romper
el secreto prometido.

D. Fer. Yo aceto la permission,
que oy pienso al mundo mostrar,
de que modo han de pagar
los nobles su obligacion.

Flor. Bien ves si cumplo la mia,
pues que pudiendo liballo
con hablar, padezco y callo,
por la que yo te tenia;
librale, y me pagaràs,
lo que me deues, en esto. _Vase._

D. Fer. De agradecido muy presto

                    la prueua mayor veràs.

Sale don Diego a parte.

D. Dieg.   Encinas preso? yo soy
                    perdido, confessarà
                    sin duda; mas aqui està
                    don Fernando de Godoy.
D. Fer.   Con diligencia os buscaua,
                    señor don Diego.
D. Dieg.   Ay en que os sirua?
D. Fer.   Oyd, y os dirè
                    la ocasion que me obligaua;
                    vos no deueys de ignorar
                    del Marques el triste estado.
D. Dieg.   No.
D. Fer.   Pues la vida. me ha dado,
                    y la vida le he de dar.
D. Dieg.   Es justa correspondencia;
                    pero yo que parte soy
                    en esso?
D. Fer.   Informado estoy,
                    que el reuocar la sentencia
                    que a muerte le ha condenado
                    por la fuerça, està no mas
                    de en prouarse que jamas
                    Encinas fue su criado.
                    A mi me consta que el dia
                    que el delito sucediò,
                    a que Encinas ayudò,
                    a vos, don Diego, os seruia,
                    y me consta que aueys sido
                    ciego amante de doña Ana;
                    y assi es conjetura llana
                    que vos lo aueys cometido.
D. Dieg.   Quien dixere.
D. Fer.   Detened
                    el arrojado furor;
                    y para prueua mayor
                    de lo que digo, sabed
                    que yo por mis ojos vi
                    hablar a vuestro criado

en habito disfraçado
con vos mismo; y aunque alli
con el disfraz me engañò,
porque no estaua aduertido
del caso, auerlo sabido,
del engaño me sacò,
Mirad lo que aueys de hazer,
sin fiaros del secreto,
porque el Marques el efeto
por vos no ha de padecer.
Y mas quando ya ocultar
no es possible vuestro excesso,
pues està ya Encinas preso,
y al fin lo ha de confessar.

A parte.

D. Dieg.   Que he de hazer? la culpa es graue,
noble y muger la ofendida,
justiciero el Rey; perdida
miro esta misera naue
entre fieras tempestades
è ineuitables vaxios,
o terribles desuarios
de amorosas ceguedades!

D. Fer.   Don Diego, que os deteneys
en discursos sin prouecho?
disponed el noble pecho
que tan sin remedio veys,
haziendo en esta ocasion
virtud la necessidad,
a vna bizarra piedad,
que os dè inmortal opinion.

D. Dieg.   Como?

D. Fer.   Si os sentis culpado,
pues encubrillo quereys
en vano, quando sabeys
que han preso a vuestro criado;
antes que el venga, hazed vos,
lo que yo; y en las historias
borraremos las memorias
de agena fama los dos.

D. Dieg.   Que, lo que vos, haga?
D. Fer.   Si.
D. Dieg.   Empeçaldo a disponer;
            que vos me podeys hazer,
            que no me estè bien a mi?
D. Fer.   Pues venid conmigo.
D. Dieg.   Voy;
            la fuerça haré voluntad.
D. Fer.   De agradecida amistad
            claro exemplo al mundo soy. *Vanse.*

Salen el Rey, y vn Secretario en la ventana.

Secre.   Don Pedro entrò a visitar
            agora al Marques, señor.
Rey.   Deste oculto mirador
            a los dos quiero escuchar;
            vos hazed lo que ordenè.
Secre.   Voy al punto. *Vase.*
Rey.   La experiencia
            de la culpa, o la inocencia
            del Marques con esto harè.

Salen el Marques, y don Pedro.

Marq.   Pues el sello me enseñays
            de su Alteza, su decreto
            obedezco, y el secreto
            os dirè que preguntays.
            Supo el Rey que desleal,
            don Pedro, en la noche obscura
            quebrantastes la clausura,
            de su Palacio Real.
            Y por causas que aduirtiò,

A parte.
            (estas no pienso dezille,
            que no es justo descubrille,
            que su Magestad temiò)
            determinò su rigor
            daros la muerte en secreto;
            y assi cometiò el efeto
            de su intento a mi valor.
            Mas yo vuestro firme amigo
            piadoso empecè a traçar

medios, para dilatar,
hasta cuitar el castigo.
Dios, que ayuda liberal
la bien fundada intencion,
quiso entonces que el baston
vacasse de General:
porque mi amistad fiel
venciendo la voluntad
vuestra y de su Magestad,
os diesse la vida en el.

D. Ted.   Basta, no querays que el pecho
me rompa el dolor estraño,

que sin razon os he hecho.
Marques, quitadme la vida,
que engañada os ha ofendido,
y como viuora ha sido,
de quien se la dà, homicida.
Perdonadme, exemplo raro
de valor y de piedad,
simbolo de la amistad,
de nobleza espejo claro.
Gloria del nombre Español,
perdonadme, que pensando
que vuestro pecho, embidiando
verme tan cerca del Sol:
gozar de los rayos bellos
de su fauor y priuança,
maquinaua mi mudança,
quando me apartaua dellos,
os he perseguido, tal
es de la embidia el rigor,
que della aun solo el temor
es bastante a tanto mal.

Salen don Fernando, y don Diego, y doña Flor con manto.

D. Fer.   Esperad, que hablando estan,
el y don Pedro de Luna.

D. Ped.   Mas, ni tiempo, ni fortuna
de vos, Marques, triunfaràn,
si yo puedo; condenado

estays a muerte, seuero
rigor del Rey justiciero.
Vos la vida me aueys dado,
a vos os deuo el baston,
y la alcançada vitoria,
y por vos llego a la gloria
de doña Ynes de Aragon;
la vida y la libertad
he de daros.

Marq.　Para hazello, que imaginays?
D. Ped.　Pues el sello
tengo de su Magestad,
sacaros de la prision
quiero con el, y quedar
yo en ella, para mostrar
que es amistad, no traycion,
por quien cometer ordeno
tal error contra su Alteza.

A parte.
Rey.　Agradezco la fineza,
si la deslealtad condeno.

D. Ped.　Que dezis?
Marq.　Que esse ha de ser
mayor daño de los dos;
que si quedays preso vos,
yo, don Pedro, que he dehazer,
sino a la misma prision
boluerme para libraros,
pues de otra suerte pagaros
no podrè esta obligacion?
demas que estoy confiado
de que al fin ha de librarme
mi inocencia, y ausentarme
es confessarme culpado.

D. Ped.　No es, sino el golpe euitar
que tan cerca os amenaça.
Marq.　Pues dezidme vos, que traga
del Rey me puede librar?
no ha de boluer a prenderme,
y desta culpa tendreys

	la pena sin que logreys
	el fin de fauorecerme.
D. Ped.	Pues no ay, Marques don Fadrique,
	otros Reynos, y està claro
	que alegre os dara su amparo
	el Infante don Enrique?
Marq.	Don Pedro, no quiera el cielo,
	quando està toda la tierra
	ardiendo en continua guerra,
	que vaya yo a dar recelo
	y duda de mi lealtad,
	por huyr cierto castigo,
	buscando en Reyno, enemigo
	de mi Rey, la libertad.
	No, muy mal lo aueys mirado,
	que menor inconueniente
	serà morir inocente,
	que viuir mal opinado.

A parte.

Rey.	Gran valor.
D. Ped.	Que hareys, supuesto
	que oy, si el mal no se remedia,
	vuestra misera tragedia
	verà el teatro funesto.
Marq.	Que? morir, si castigar
	sufre el cielo la inocencia.

Sale el Secretario, y doña Ana con manto.

Secre.	Mostrad, Marques, la paciencia,
	que el valor suele adornar;
	que al punto mande su Alteza,
	que pues vuestra culpa es llana,
	le deys la mano a doña Ana,
	y al verdugo la cabeça.

A parte.

Rey.	Si resiste al casamiento,
	a vista ya de la muerte,
	de su inocencia me aduierte.
Marq.	Morir, sin casarme, intento;
	llegue el verdugo inhumano
	a ser mi fiero homicida,

	que al cielo deuo la vida,
Ana.	mas no a doña Ana la mano.
	Ay tal maldad?
Secre.	Del suplicio
	ya los ministros aguardan.
Marq.	Pues, Secretario, que tardan?
	vamos, hazed vuestro oficio.
D. Ped.	Aguardad.
D. Fer.	No quiera Dios
	que padezca vn inocente.
D. Dieg.	Muera solo el delinquente.
Secre.	Pues quien lo ha sido?
Iuntos.	
D. Die. D. Fer.	Los dos.
D. Dieg.	Yo ciego, loco, abrasado,

que al cielo deuo la vida,
mas no a doña Ana la mano.

Ana.
Ay tal maldad?

Secre.
Del suplicio
ya los ministros aguardan.

Marq.
Pues, Secretario, que tardan?
vamos, hazed vuestro oficio.

D. Ped.
Aguardad.

D. Fer.
No quiera Dios
que padezca vn inocente.

D. Dieg.
Muera solo el delinquente.

Secre.
Pues quien lo ha sido?

Iuntos.
D. Die. D. Fer.
Los dos.

D. Dieg.
Yo ciego, loco, abrasado,
fuy, doña Ana, el robador
oculto de vuestro honor;
Encinas fue mi criado,
no del Marques; bien lo sabe
don Fernando de Godoy,
y Flora.

D. Fer.
Testigo soy.

Flor.
Yo tambien.

D. Fer.
Y porque acabe
esta ciega confusion,
yo a Encinas di la cadena,
por quien al Marques condena
la vehemente presuncion;
que el Marques me la diò a mi,
la noche que yo a su hermano
matè, que fue tan humano,
quanto yo inhumano fuy.
Pues no solo perdonò
la ofensa, pero piadoso,
magnanimo, y generoso,
del peligro me sacò.
Y tal su valor ha sido,
que el cuchillo ya presente,
antes morir inocente,
que condenarme ha querido.

Tanto le deuo, y assi
me acuso yo, por pagalle
muriendo por el, y dalle
la vida que el me diò a mi.
Yo matè a su hermano, yo,
y la malicia ha mentido,
quando informar ha querido
de que el Marques lo ordenò.
Yo le matè, culpa es mia,
porque me quiso agrauiar,
echandome del lugar
que en la ventana tenia
de doña Flor, a quien sigo
tres años ha firmemente,
si mal pagado, presente
està solo a ser testigo;
dezildo, Flor.

Flor.   Esta es la verdad.
D. Fer.   Pues confessamos,
los dos culpados muramos,
y no sin culpa el Marques.

Secre.   Gran valor.
A parte.

Rey.   Notable hazaña.
D. Ped.   Libre estays, Marques.
Marq.   No estoy;
agora, don Pedro, soy
con fineza tan estraña
mas preso, que antes lo era
del cuerpo, y del alma ya;
que es noble, y antes darà
mil vidas, que consintiera
que den la muerte a los dos,
que por mi la vida ofrecen.

D. Ped.   Ellos con razon padecen,
y estays inocente vos.

Marq.   Yo, don Pedro, solo veo
que por mi se han ofrecido,
esta deuda he conocido,
y esta pagarles desseo.

D. Fer.	Los dos somos los culpados.
D. Dieg.	El que delinquiò, padezca.
A parte.	
Rey.	De mi justicia amanezca,
	el Sol entre estos nublados. *Vase.*
Flor.	Que pena!
Ana.	Que confusion!
D. Fer.	Señor Secretario, dad
	noticia a su Magestad
	desta nueua dilacion;
	y el en todo ordenarà
	lo que importe.
Marq.	Deteneos.
Secre.	Señor Marques, resolueos,
	que se passa el plazo ya,
	que para la execucion
	señalò su Magestad.
D. Ped.	Yo voy a hablarle.
Sale el Rey.	
Rey.	Aguardad.
Secre.	El Rey.
D. Ped.	Hazed relacion,
	Secretario, deste caso.
Rey.	A todo he estado presente.
D. Ped.	Sol de España, cuyo Oriente,
	no teme el obscuro Ocaso,
	vuestra grandeza mostrad;
	o en el publico trato
	dad la muerte a todos quatro,
	o a todos los perdonad.
Salen las Guardas.	
Guar.	Entrad.
Rey.	Que es esto?
Salen dos Guardas con Encinas, en habito de donado.	
Guar.	Este es
	Iuan de Encinas, el criado
	que prender aueys mandado
	por el caso del Marques.
	O està loco, o finge estallo,
	que desde que le prendimos,

solo a quanto le dezimos,
nos dà por respuesta; callo.
D. Dieg.	Yo estoy ya de tu lealtad,
Encinas, bien satisfecho;
mas ya niegas sin prouecho,
dezir puedes la verdad;
supuesto que ya mi error
he confessado.
Encin.	Con esso
yo tambien, señor, confiesso
que es don Diego, quien su honor
le robò a doña Ana, y yo
quien fingiendo ser criado
del Marques, por su mandado
los de su casa engañò.
D. Fer.	Di lo que sabes de Flor,
y de mi.
Encin.	Su amante has sido
tres años, y no ha tenido
mas que esperanças tu amor.
D. Ped.	Assi està ya la verdad
bien clara, señor, pues ves
las disculpas de los tres,
muestra en ellos tu piedad.
Flor.	Perdona, amiga, a mi hermano,
queda con honra y casada,
y no sin ella y vengada.
Ana.	Señor, dandome la mano
don Diego, le doy perdon.
Marq.	Yo de la muerte la doy
a don Fernando, pues soy
parte formal desta accion.
Rey.	Caualleros valerosos,
de España gloria y honor,
en cuyos heroycos pechos
quatro espejos mira el Sol.
De justiciero me precio,
no he de serlo menos oy,
justicia tengo de hazer,
y premiar vuestro valor.

Al que es vnico en vn arte
vtil a las gentes, diò
la ley de qualquier delito
por vna vez remission.
Que el derecho preuenido
mas conueniente juzgo,
conseruar el bien de muchos,
que castigar vn error.
De vosotros pues qualquiera
es tan vnico en valor,
que niega a los mismos ojos
credito la admiracion.
Pues qual arte puede dar
a vn Reyno fruto mayor,
que el valor; pues por los quatro
miro ya en mi sujecion,
las quatro partes del mundo?
luego bien prueuo que os doy
la libertad por derecho,
y por justicia el perdon.

Marq.	Dilate el cielo tu Imperio.
D. Fer.	Dès a la embidia temor.
D. Ped.	Celebre el tiempo tu nombre.
D. Dieg.	Y la fama tu opinion
Rey.	Dad pues la mano de esposo,

don Diego, a doña Ana, y vos
escoged esposo, Flora,
que la perdida opinion
es justicia restauraros.

Flor.   El Marques la causa diò
a que en mi fama tocasse
el vulgo murmurador;
que a quien con poder pretende,
le juzga en la possesion:
y assi el es solo quien puede
y deue ilustrar mi honor.

Marq.   Por pagar assi a don Diego
vuestro hermano, que ofreciò
su vida por darme vida,
sin esso, os la diera, Flor.

Encin.	Y a mi me alcança la ley
de lo del arte y valor?

Rey.	Por ser vnico en lealtad,
perdon merece tu error.

Encin.	Y pues solo por seruiros,
se ha desuelado el autor,
siendo nobles, por justicia
os puede pedir perdon.